カステラへらずぐち

まどさんとさかたさんのことばあそびV

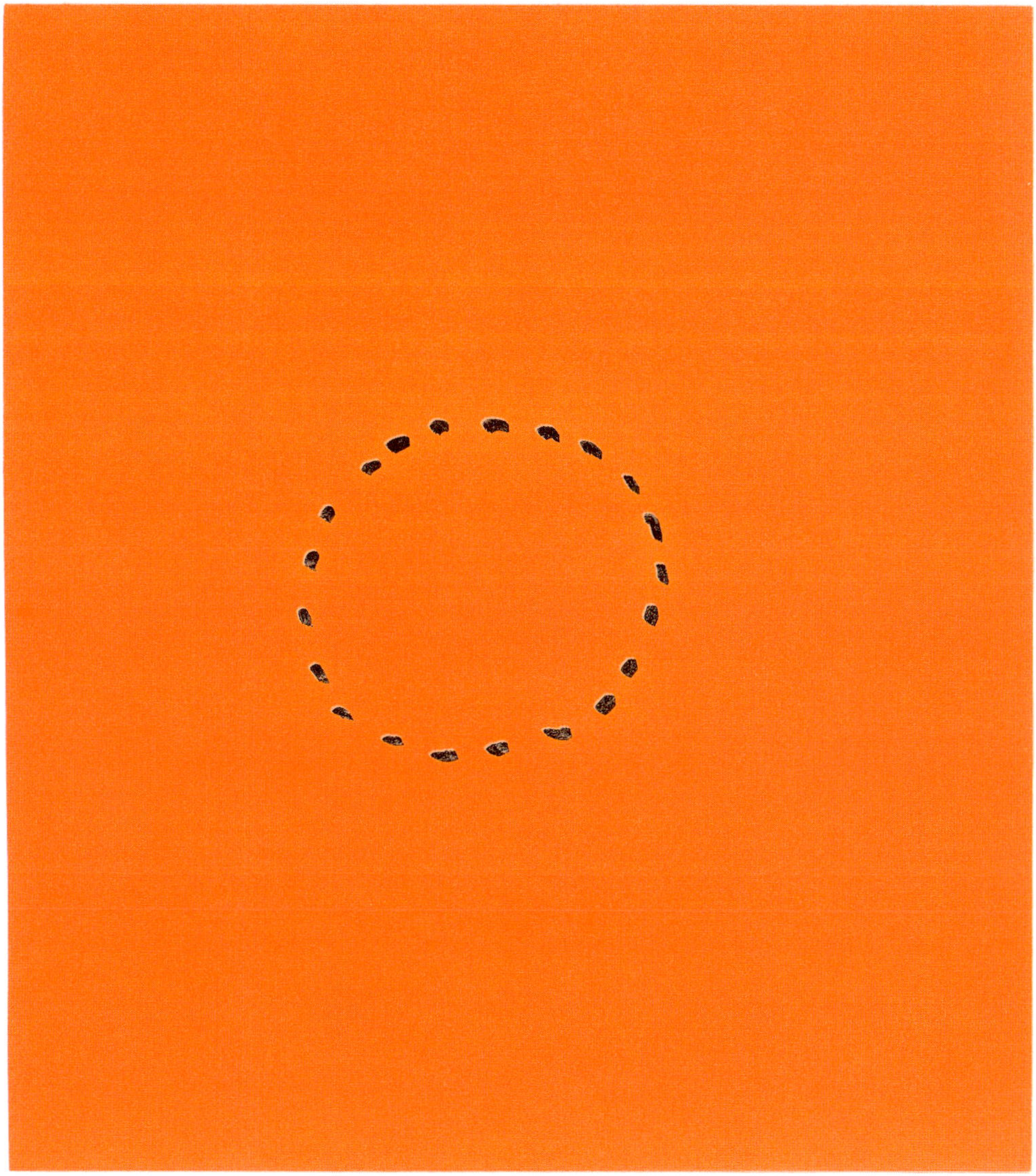

え・かみや しん

もくじ

まどさんのことばあそび

さかたさんのことばあそび

そうてい・かみやしん

カステラへらずぐち

まどさんとさかたさんのことばあそびV

からだ

まど・みちお

もしもからだがからだったら
ぬけがらだったら
それはもうからだではない
からだがからだなのはからだのなかに
みえないこころをだいているからだ
からだはこころのからだだ
こころがからだのこころだからだ
からだがこころのたからだからだ
こころはからだのたからだ
ふたりはふたりでないからだ
からだがこころだからだ
こころがからだだからだ
ふたりでひとりのじぶんだからだ
でじぶんのからだをなだらかに
すべらかにひからせて
ハマダラカなどのたぶらかしからも
じぶんのしあわせまもってるんだ
だからだこんなにまぶしいのは
からだがこころがちきゅうがうちゅうが
だからだだからだこんなにも…

ハマダラカ＝マラリアを媒介《ばいかい》する蚊《か》の一種《いっしゅ》。

「きょうからだ　あしたからだ」

マリアとマラリア

阪田寛夫

マリアはおかあさん
マラリアはカがはこぶびょうき
マリアのあかちゃんはイエスさま
マラリアはカからうつる
マリアひっしでカをおいはらう
マラリアにイエスさまがかかるかな
マリアもカをころせるかしら
マラリアはそこがつけめだ
マリアらさばくへにげる
マラリアはカにのっておっかける
マリアのあかちゃんはおもい
マラリアはちいさくかるい
マリアはつかれてまどろむ
マラリアカがおそったマリアらおやこ
マリアとっさにあかちゃんかばう
マラリアカゆうゆうマリアのせなかさす
マリアついにマラリアにかかったか
マラリアぎゃっとおどろく
マリアのちがブドーしゅにかわってた
マラリアよっぱらってマリネラうたったよ

マリネラ＝ペルーの音楽《おんがく》。

「これでキマリア」

グチ

まど・みちお

タイコたたきがいた　へたすぎて
たたけばみんなに　にげられるから
やけっぱちで　たたきたてたのが
カゲグチ　ムダグチ　ヘラズグチだった
だが　それはなおさらきらわれ
ええい　ただのグチでもたたいてやれ
とはりきったが　たたけなかった
きがぬけて　ぼんやり　そのグチを
こぼしていると　ウソみたいに
しみこむようにおちていって
だれにも　きらわれないで　すんだ
たたこうとしたのは　たにんをで
こぼしたのは　じぶんにだったからだ
グチというのは　ほかのたくさんの
ナントカグチなみに　あいての
たにんを　たたくかわりに
あまったれのにんげんが
じぶんにあまえるためにこしらえた
ことばだったんだろうかな

「キタグチ　ミナミグチ」

ぐじとタラ

阪田寛夫

うみのさかなの　だいえんかい
おおきなさかなの　いけすのなかさ
たこがちゅうちゅう　しょうちゅうのんで
うでだこよりも　まっかっかでさけぶ
「さけのさかなを　もってこい！
たいとひらめは　さしみでこい
アジとかますは　ひらきでこい
サケはかんづめ　まるまってこい
サワラはすしに　のっかってこい」
よばれたさかなは　かさなって
たこをめがけて　つきすすむ
さいしょに　かますが　いっぱつかます
さわらはさわらず　めだまでおどす
よばれなかった　ぐじとタラ
すかんタコだと　ぐちたらたら
さいごにたちうお　ぬきうちに
たことキュウリを　きざんだところへ
トリのかけすが　すをかけた
スダコのすがたで　たこぼうず
さらのかずかぞえて　チューチュータコカイナ

ぐじ＝関西《かんさい》の方言《ほうげん》で甘鯛《あまだい》のこと。

「ミサキノ　イサキ」

いいよ

まど・みちお

いいよ　いいよ
それは　もういいよ
これなら　いるよ
これは　いいよ

いいかげんに　せい
いいのは　どっちだ
それか　これか
はっきり　いえんのか

いえんのなら
それを　やるからな
さっさと　もってけ
それ　いそげ

いいよ　それは
いいってば　それは
いいから　いらんよ

「ヨイヨイ」

やしのみひとつ

（島崎藤村《しまざきとうそん》による）

阪田寛夫

（名《な》も知《し》らぬ
遠《とお》き島《しま》より流《なが》れ寄《よ》る）
椰子《やし》の実《み》ひとつ
椰子《やし》のみ、ひとつ
香具師《やし》の身《み》ひとつ
香具師《やし》、蚤《のみ》ひとつ
やせ蚤《のみ》ひとつ
鰯《いわし》の目《め》ふたつ
癒《いや》しの実《み》ひとつ
よし飲《の》めひとつ
椰子《やし》飲《の》み人《びと》ッ！
（故郷《ふるさと》の岸《きし》を離《はな》れて
汝《なれ》はそも波《なみ》に幾月《いくつき》）

「けしのみ　ひとつ」

ロボットの うけごたえ

パンを見《み》せられながらの最新《さいしん》の
「モノシリロボット」の応答《おうとう》

まど・みちお

これは　なに？
パン！

これは　なんだ？
パンダ！

これは　なんや？
パンヤ！

これは　なにか？
パンカ…

どうも　ありがとう
ドーモ　アリガトー

パンヤ＝木《き》綿《わた》。カポック。

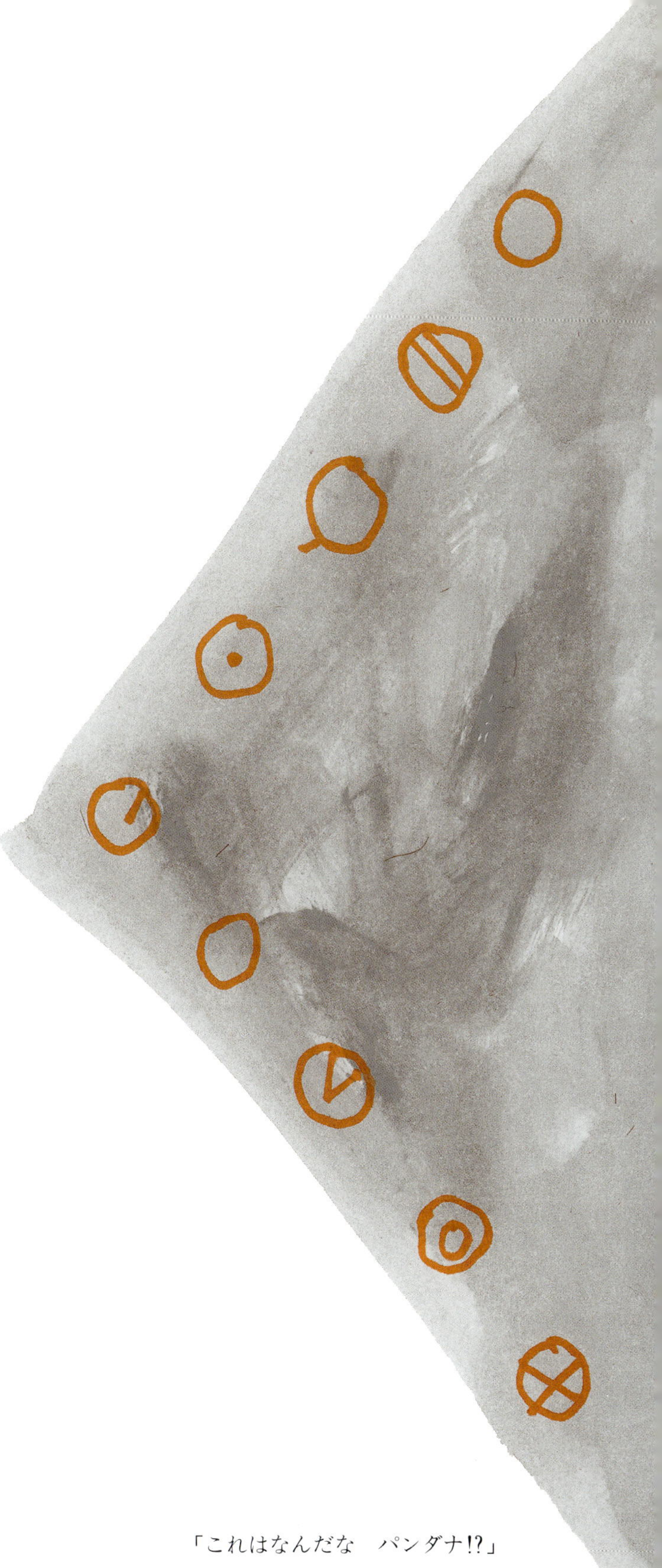

「これはなんだな　パンダナ!?」

漢字《かんじ》のおけいこ

阪田寛夫

腹《はら》へった
魚《さかな》つった
豚《ぶた》くった
犬《いぬ》かった
雨《あめ》ふった
花《はな》ちった
木《き》きった
草《くさ》かった
服《ふく》ぬった
肩《かた》こった
山《やま》あった
夜《よる》なった
皿《さら》わった
兄《あに》ぶった
尻《しり》けった
屁《へ》ひった

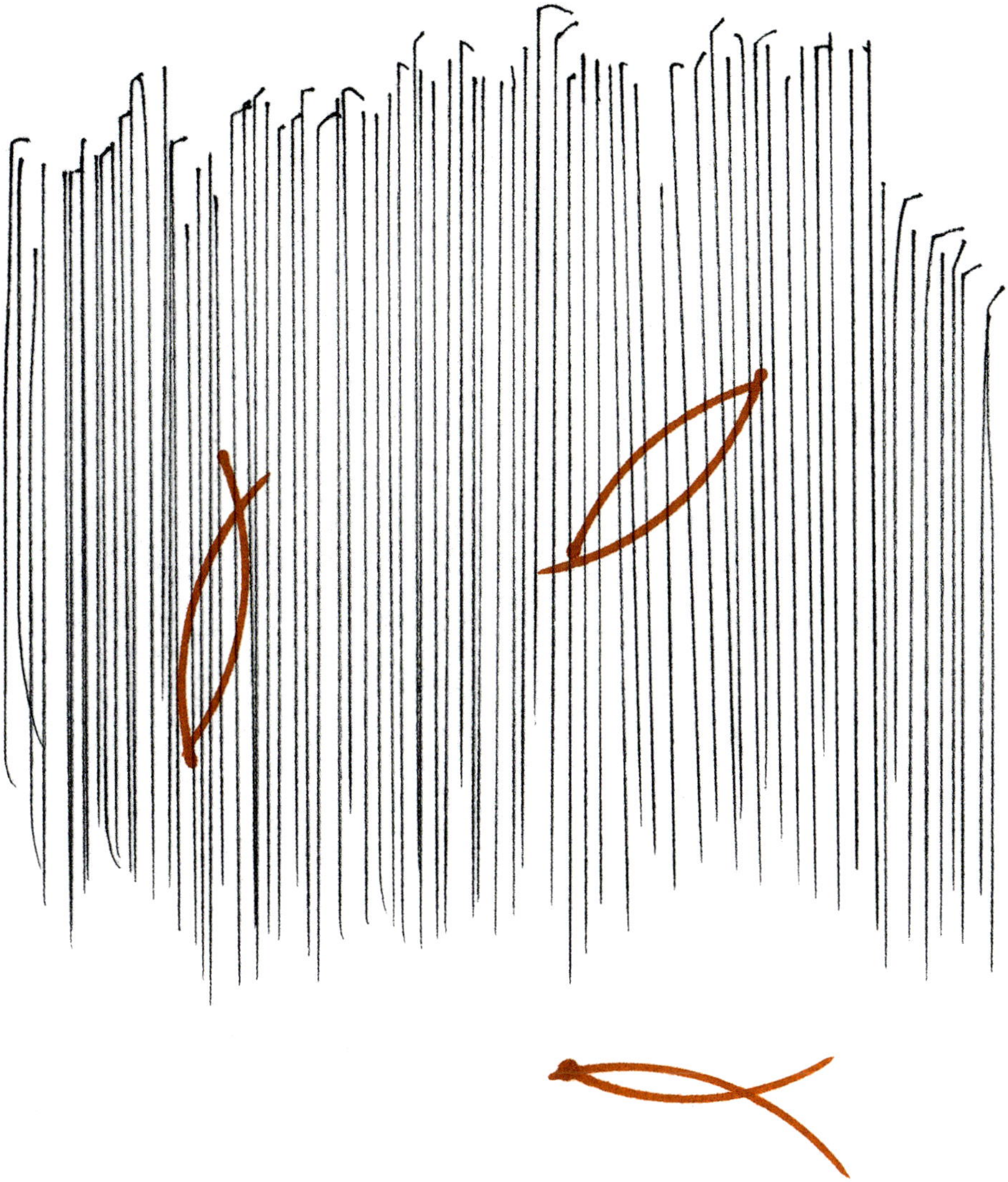

「やな　こった」

もけいのサクランボ

まど・みちお

なんぼ
もうかるんか
しらんが
もけいの
くさらん
サクランボは
つまらん
みてるんが
たまらん
おつむ
さくらん
ぼーっとして
なんも
わからん
いらん

「らんらんらん」

しんこんさん

阪田寛夫

しんこんさんが　ついたとき
きんこんかんと　ベルがなり
しんかんせんが　うごきだす
おくさんかんかん　はらたてて
とんちんかんの　でんしゃめと
おしりをけとばす　どんかんぽん
しんかんせんは　すっとんで
でんしゃへんしん　ひこうきに
ロンドンびんです　さあどうぞ
しんこんさんは　ルンルンルン
なんまんフィートの　くものうえ
あんぱんさんこ　たべたとさ

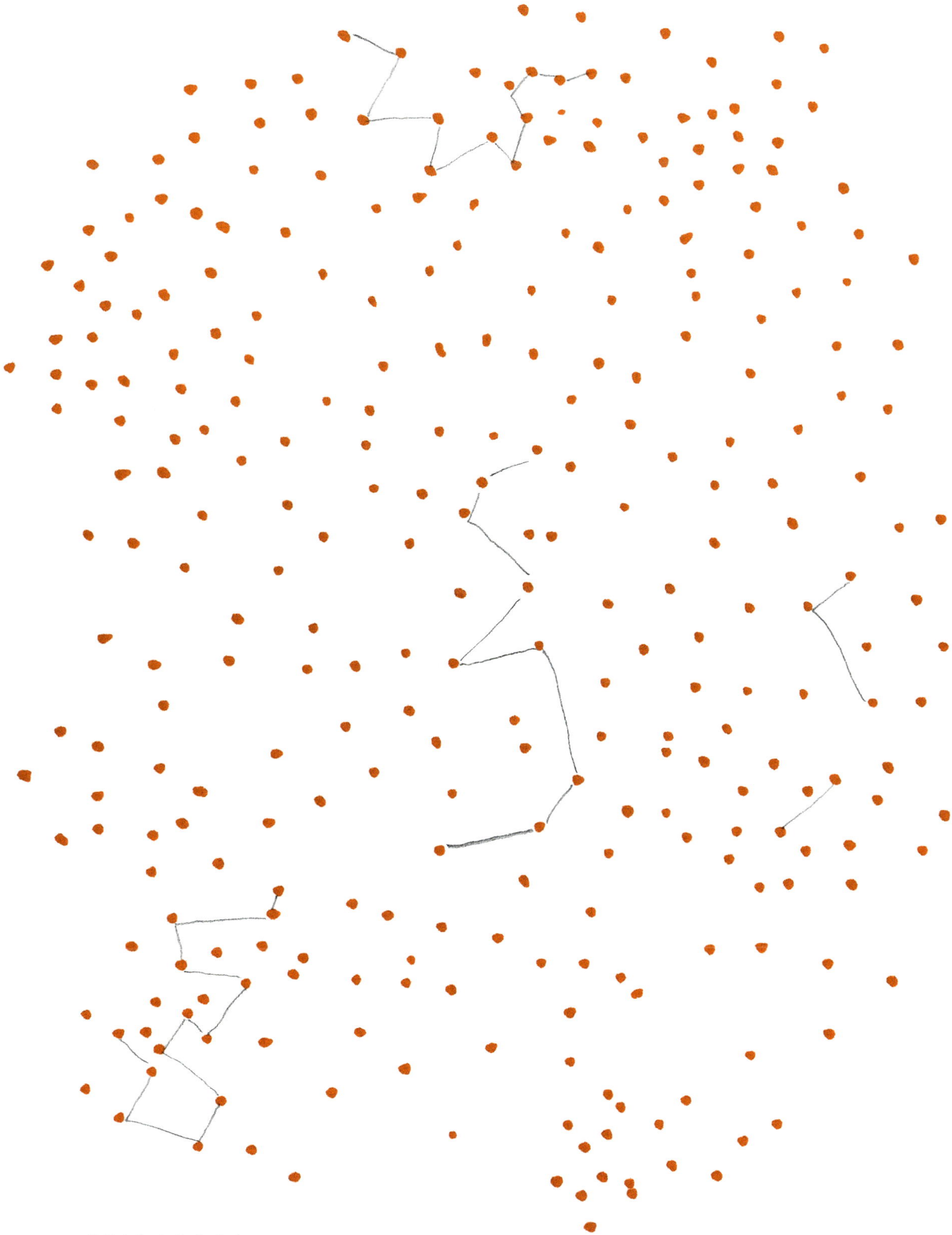

「てんしんらんまん」

カステラへらずぐち

まど・みちお

カステラはカスのテラでない
ボロカステラでない　クモノスが
ハバきかすテラでない　カンコドリが
セッキョウきかすテラならじゅうしょくに
ハジかかすテラだがそれでもない
アキスにタカイビキかかすテラでもない
ホームレスがすみついて　じゅうしょくの
おくさんのハナをあかすテラでもない
といってみんなにきんいろぴかぴかを
ひけらかすテラでもないが…
ないないづくしのへらずぐちは
ここまでにして　カステラかいわにしよう
そっちのカステラ一《ひと》きれこっちへおかし
うひぇー　さびホウチョウが
こんなに　かすってらあ！
よし　わしがこれ　いただく　こっちの
きれいな一《ひと》きれ　きみにあげよう
さあいいか　すてられワンスケ
ちいさなきみは　なかよしのニャンコと
わけてたべるんだぞ　わかったな

「フランク・ステラ」

おかいはふくふく

阪田寛夫

おかい《（かゆ）》は　ふくふく
だんごは　こげる
山行《やまゆ》きゃ　もどる
あかごは　なくし
ああ　せわしやの

たばこは　ぷかぷか
もんくは　たれる
街行《まちゆ》きゃ　もどらん
あかごは　なかす
ああ　どらむすこ

あぶくは　ぷくぷく
ウンコは　こねる
たて行《ゆ》きゃ　すすまん
あかごは　せんびき
ああ　へいけがに

ラッパは　すかすか
タンゴは　こける
お客《きゃく》は　かえる
あかごも　ねるし
ああ　ヘボがくだん

最初《さいしょ》の五行《ごぎょう》は河内《かわち》地方《ちほう》の俗謡《ぞくよう》。

「えのぐがたらたら」

バミ

まど・みちお

ウワが　バミしてるのは
ウワバミ　大《おお》きなヘビ

カタが　バミしてるのは
カタバミ　小《ちい》さなクサバナ

ロが　バミしてるのは
ロバミ　つまり　ロバけんぶつ

で　ウワ　カタ　ロが
ウワー　カタローッて　バミしてるのは
ウワゴトかたりのバミ

いいかえれば
ホントの　デッタラメバミ

「黄バミ」

はるさめ

阪田寛夫

だいどころでは
はるさめを
みずにひたして
ふやかします

らくごでは
ふなぞこを
がりがりかじる
はるのさめ

えいがでは
はるさめじゃ
ぬれていこうと
かさをわすれた　半平太《はんぺいた》

はんぺんは
はるさめと　なべでにます
はるさめふるよる
ことこと　こと

ほんとはなきむし　はんぺんた
はるさめと　にられた
おなべを　おもって
さめざめ　ないた

半平太《はんぺいた》＝昔《むかし》の映画《えいが》の登場人物《とうじょうじんぶつ》の月形半平太《つきがたはんぺいた》。いきで強《つよ》い勤王派《きんのうは》のさむらい。

「これで　みおさめ」

ハぬけじじいの　ひとりごと

まど・みちお

やったやった　でかしたな
ではなかった
しでかしたんだな
やらかしたんだ　なにやらな
いや　なにやら　かしたんでない
はっきり　やったんだ
べろ　だしたんだ
べろ　かんだんで　てれかくしに…
なんで　べろかんで　べろだす
なんでと　いうなら
むろん　ハで　かんだんだ
ハハハハ　ハ　ハぬけじじいの
はでな　ハなしだな
まあ　四五《しご》ほんは
じぶんのハが　のこっとるんで
いちおうは　四《し》の五《ご》の
いうてみたいんだな

「ハニカンデ」

イレバわすれて

阪田寛夫

イレバ　わすれて
シルコを　ちゅうもん
「シルコ」と　いったが
「イルコ」に　なった

イルカ　にいいっと　はをむきだして
イルカ　イルケド　ナニゴヨウ？
イルカ　イレバガ
イランカ　イルカ
イレバ　イレバヲ
イレレバ　ドウジャ
ウミニ　ハイシャガ　イルカイナ
イカダイガクニ　キイテミナ

イルカ　いかって　ヤイハヌケ！
イレバノ　イレバショ　マチガウナ
イルカニ　イレバガ　イルカ　バカ！
リクニャ　イカケヤ　イルカイナ
イレバ　ソノアナ　フサイデコイ

イカケヤ＝鋳《い》掛屋《かけや》。なべやかまを修理《しゅうり》する人《ひと》。

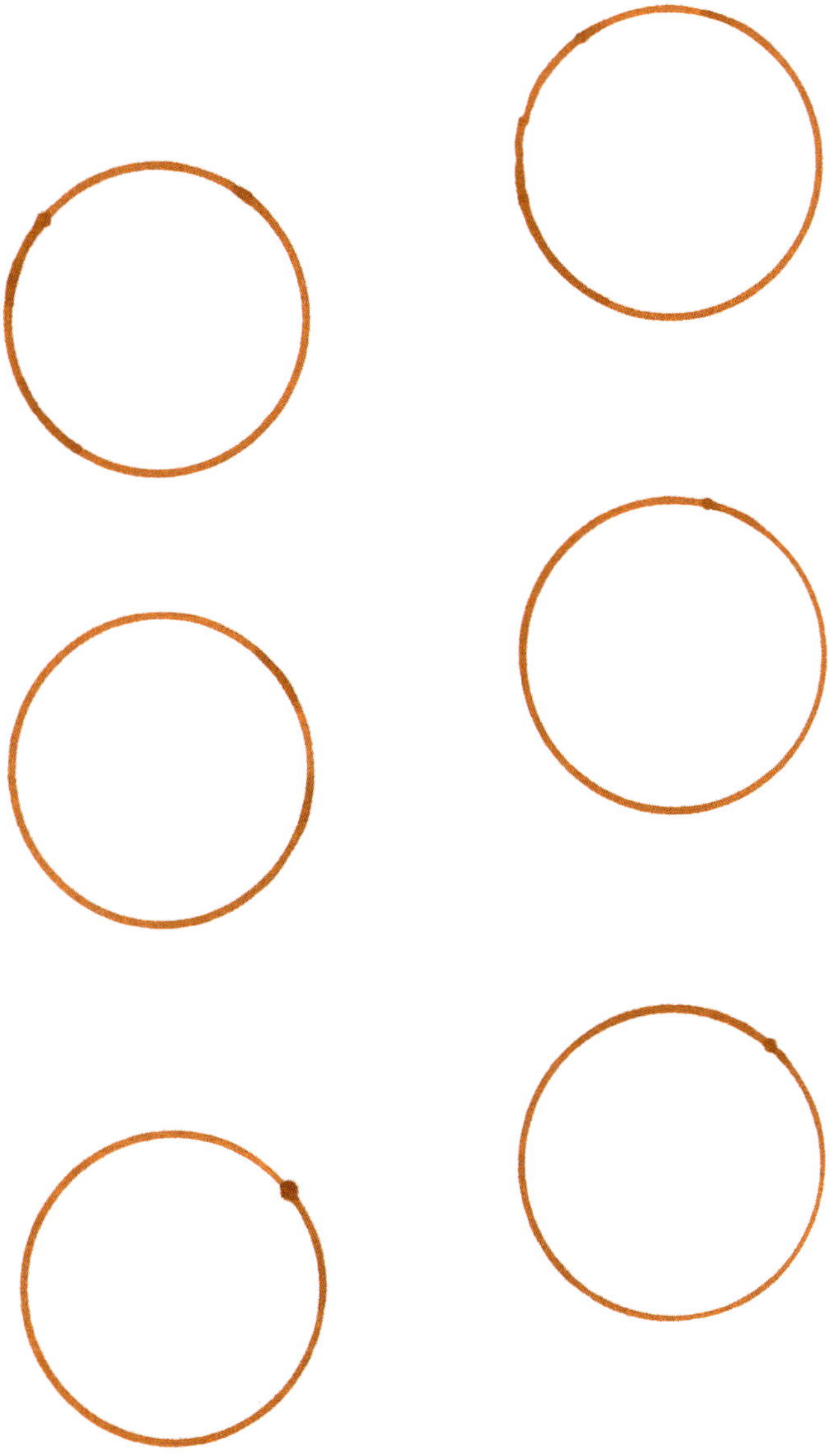

「きいていれば　みていれば」

バカくさい？

まど・みちお

おかし
と　いわれたとき
かせなかった
おは　なかったからだ
いぬでは　ないから
バカくさい？

おかし
かったとき
おかしかった
ただ　だったんだ
うちが　かしやだもんで
バカくさい？

バカらを
しかったとき
バカらしかった
こちらも　バカだからだ
そのうえに　アホで
バッカくさい？

「しかくかった」

おつかい　ばったり

阪田寛夫

きみと　そっくり
ぼく　びっくり
ぼくと　そっくり
きみ　がっくり
ふたりのあだな　おみきどっくり

あっちへ　よったり
こっちへ　いったり
バカいいあったり
はなほじくったり
やっとついたが　もうぐったり

おはぎに　にっこり
おおぐち　ぱっくり
おかわり　しゃっくり
おまけに　どっきり
みやげもおはぎで　ぼくらばったり

「ずったり　はったり」

つま

まど・みちお

さしみのつまと　はなしのつまが
どちらが　つまるか　つまらんかの
くちげんかを　はじめだした
このよで一《いち》ばん　つまらんつまはわし
アホ！　そんなことというのがそもそも
つまるつまでしかない　しょうこ
このよで一《いち》ばんの　つまらんつまは
このわしさ　それきいて
にんげんのおっとが　つまにいった
また　つまらんつまたちが
つまらんけんかを　やっとるぞ
けつまつもない　おそまつをな…
あなたもでしょ　おそまつなら
つまる　つまのあたしに
ひざまずいてみせるだけで　じぶんの
ふしまつの　しまつもできないのは…
おっとっとっと　おっとたるもの
べんぴのつまにかしずく　つましいつま
だったんだったんかなあ
つまるところは…

「つじつま」

だるまさん

阪田寛夫

だるまさんが　にらんだ
だるまさんが　ころんだ
だるまさんが　ゆるんだ
だるまさんは　ごろんだ
だるまさんが　どろんこ
だるまさんが　ほころんだ
だるまさんに　えぷろんだ
だるまにえぷろん　いらんぞ
だるまさんの　はんろんだ
だるまさんが　たくらんで
だるまさんら　ドロン…だ
だるまさんの　かくれんぼ
だるまさんを　ごらんよ
だるまさんらの　だんらんを
だるまさんが　ほほえんでる

だんらん＝団欒《だんらん》。集《あつ》まってなごやかに楽《たの》しむこと。

「かこんだ」

き

まど・みちお

きはきでも　きぜんと　いきてるきは
きいっぽんの　れっきとした　たちきだ
かれきでない　いきいきした　なまきだが
なまきが　なまいきでないのは
きまりきった　てんかのじょうしき
なまいきなのは　にんげんだ　なまきは
きがきでないのだ　どんななまきも
いつ　いきなり　にんげんが
なまきをきりたおし　きりきざむかもと…
だが　なまきたちにも　うんのよいき
わるいきと
きりない　ちがいは　ある
まめでんき　きらきら　きかざらされて
きりきりまいの　まるきり
きのどくな　きだって　ある
きのはの　きものの　きのみきのまま
きたきりすずめこそ
きりりとした　きまりのたちきだ

「おっ、そのきだ」

タ

阪田寛夫

むかしむかし
にしのほうのくにで
タということばが　つかわれたらしい
かみさまどうかきてください、というとき
マラナ　タ、っていったそうだ
するとタは「かみさま」かな
それとも「きてください」かな
はじめてみたとき　わらっちゃった
いまも
ひがしのくにには
タということばがいきてる
サイタサイタ　サクラガサイタといいちょうし
でもぼくがつかもうとすると　タのじったら
タタタ、タスケテクレーと
タッチのさで、はるかかなたへ
にげちゃった
タのじがおかしいのは　あまりまじめで
きよわすぎるからではないか
タッタカタッタッタッター！

マラナ　タ＝新約聖書《しんやくせいしょ》にある言葉《ことば》（ヨハネ黙示録《もくしろく》）。

「サンタガクレタ」

まど・みちお

まど・みちお

まど・みちお　はあるとき
まど・みちお　とつぶやいてわらわれた
まだ・みちお？　とみんなに
また・みちお？　とじぶんにも

まど・みちお　はまたあるときいなされた
まど・みちおっ　とよびつけたあげくに
まど・おちみ　でしょとも
まみー・おちど　でしょとも

まど・みちお　はいまみみすます
おまど・みて　みてととおざかる
まどの・そと　のこどもらのこえにひとり
まどの・みち　きえぎえにたどりながら

さかた　ひろお

阪田寛夫

さかた　ひろおは　ひろうしょうねんあがり
さかたんで　おろひたかさ
すかたんで　びろうなやつさ

さかた　ひろお
さ、かたもめ、ひろお
すごまれて　とおざかった　ひろお

さかた　ひろお
さっかだと　ひろうするな！　さっかくだ
さかた　5えんだま　ひろう

さかた　ひろお
なにみてんだ　ひろおよ
このさか　たひ《(い)》ら、だなんて

さかた　ひょろおの　ひょうろくだま
さかだ、ひろお　ひょろひょろ　のぼれ！
さかた　ひろう　ついに　ひろうろうねん

さかたん＝大阪弁《おおさかべん》でさかさまのこと。

まど・みちお
1909年山口県徳山に生まれる。戦後童謡の代表作とされる「ぞうさん」をはじめ「やぎさんゆうびん」「ドロップスのうた」など多くの童謡のほか，「たんぽぽヘリコプター」「まど・みちお全詩集」など。

阪田寛夫（さかた ひろお）
1925年大阪に生まれる。朝日放送を経て著述に専念。1975年「土の器」で芥川賞受賞。童謡に「サッちゃん」「おなかのへるうた」など，小説に「まどさん」，詩集に「ばんがれマーチ」などがある。

かみや しん（上矢　津）
1942年東京に生まれる。「円」を考える抽象画家。自然と美術の関わりをわかりやすく児童書にも展開。「百年の蟬」「みんなのいいぶん」「ねこもあるけば」「みつけたよ！　自然のたからもの」など。

カステラへらずぐち　55p　25cm　NDC911

2004年6月18日　第1刷発行　　2013年8月20日　第3刷発行
詩／まど・みちお　阪田寛夫《さかたひろお》　絵／かみや しん
発行者／小峰紀雄
発行所／(株)小峰書店　〒162-0066 東京都新宿区市谷台町4-15
☎03-3357-3521　FAX03-3357-1027
http://www.komineshoten.co.jp/
組版／(株)タイプアンドたいぽ　印刷／(株)三秀舎　製本／小高製本工業(株)

ISBN978-4-338-06023-3